나 다시는 당신을
그리 슬피 보내지 않으렵니다

나 다시는 당신을
그리 슬피 보내지 않으렵니다

윤종관 시집

징검다리

차례

오래 전 가끔 써 보았던 글을
많은 날들이 지나간 지금 다시 보니
새삼 그 시절로 돌아간듯
한 폭의 풍경화 되어 눈앞에 펼쳐집니다
모두가 그러하듯
낳고 자라고 사랑을 하고
아픔 속에 성장하여
기억할 수 없는 많은 추억들을
가슴에 안고 마음에 담고
현실에 쫓기며
그렇게 살아가는 한 사람입니다
시집 출간을 앞두고
많이도 망설였지만
그냥 세상을 힘겹게 살아가는 한 사람이
계절을 느낄 줄 아는 한 남자가

비에 젖고 가을에 물들이며
마음이 심하게 출렁일 때마다
한 줄 또 한 줄 그렇게 남겼다
기억해 주길 바라는 마음으로
용기를 얻었습니다
독자님의 가정에
사랑과 평화가 충만하길 바래 봅니다

2002년 2월 15일. 인천에서 저자

계절이 있고
눈물이 있고
사랑이 있는
이
현실에 살아가고 있는
우리는
눈에 보이는 모두가

한 폭의 그림이고
불어오는 바람 소리
떨어지는 빗방울 소리마저도
그냥 흘려보낼 수가 없는
한편의 시 속에서
그렇게
살아가고 있는 것이다.

어느 날 문득 내가 던진 질문에
나는 대답을 못한 채 또 하루의 새벽을 맞는다

그래서 사는 거야

나는 잠 못 드는 새벽
나에게 묻는다
너는 왜 사느냐고
대답을 못한 채 아침이 밝는다
살아 있으니까 사는 거지
쉽게 대답해 버릴까
어느 날 문득 내가 던진 질문에
나는 대답을 못한 채
또 하루의 새벽을 맞는다
나는 내가
왜 사는지 조차도 잃어버린 채
앞만 보고 달려가는 가련한 사람
또 다시 새벽이 오면 대답해야지
왜 사느냐면
살기 위해서 사는 거지
아니야,
죽음을 준비하기 위해서
그래서 사는 거야.

슬픈 사랑

내가 부르고 싶은 서글픈 이름이여
내가 기억하고 싶은 이슬 같은 눈물이여
한 시대의 어두운 추억과 목메인 상처만을 남긴 채
이제는 막을 내려야 한다
영화처럼 아름답지도 못했고
동화 속처럼 행복하지도 못했다
평생 흘려야 할 눈물을 반쯤은 쏟았고
죽어도 받을 수 없는 고통을 우린 너무 쉽게 체험하며
사랑이란 가슴 벅찬 이름으로 영혼마저 찢으며
초라한 종착역을 앞에 두고 슬프게 서있다
가슴이 저미고 눈물이 흐르지만
이제는 더 이상 부를 수 없는 이름이여
슬피 우는 새처럼 소리내지 못하고
목이 메어 절규하며
가슴으로 그 이름을 부를 땐
당신은 행복해야 한다

슬피 우는 새처럼 소리내지 못하고 목이 메어 절규하며

가슴으로 그 이름을 부를 땐 당신은 幸福해야 한다

겨울 바다

나의 바다
겨울 바다여
파도가 깨어지는
슬픈 바다여
지평선 멀리에
배 떠나가고
갈매기 울어주는
슬픈 바다여.

검은빛 저 바다
밤바다의 깨어지는 파도를 보려 합니다.

사랑이 울면 돌아갈 거야 눈물이 쌓여있는 골짜기
낙엽 덮인 옛집으로

사랑이 울면

겨울의 가슴에

불을 지피고

얼룩진 추억에

색칠을 하며

사랑이 울면

돌아갈 거야

눈물이 쌓여있는

골짜기

낙엽 덮인 옛집으로

울 엄마

울 엄마
얼마나 사실까
하루하루가 변하는 얼굴은
나를 슬프게도 한다
밤이면 감자 깎고
아침이면 시장 가고
겨울비에
함박눈이 내려도
변함없이

얼마 후
따스한 봄 햇살에
새싹이 돋아나면
물 소리 흙 냄새
바람마저 산뜻한
고향
그 곳으로 돌아가신다

뜰 앞에 콩 심고 팥 심고
강아지 병아리 한가이 키우며
이 춥던 겨울은
언제였나
잊은 지 오래겠지

울 엄마
고향에 봄이 오면
고사리 산 두릅
잎새 파란 나물 찾아
뒷산 앞 골짝
아침 이슬에 젖으며
망태를 지고
한 발 두 발
산을 타신다.

외로움

울지 말아요
외롭다고 울지 말아요

앙상한 가지에 작은 새도
길가에 떨어진 낙엽도
외로움에 넘쳐
외로움에 떨고 있어요

울지 말아요
외롭다고 울지 말아요.

울지 말아요 외롭다고 울지 말아요

내 고향 방내

내 고향 방내는
높은 산 깊은 골
늦게 찾아오는 봄날은
여름 오는 줄도 모르고
들판에 감자꽃 피어날 때면
고추 따고 풀 메고
산허리 붉게
단풍이 물들 때면
먼 산 하얗게 눈발이 날리는
내 고향 방내는
겨울이 길더라
봄은 더디더라.

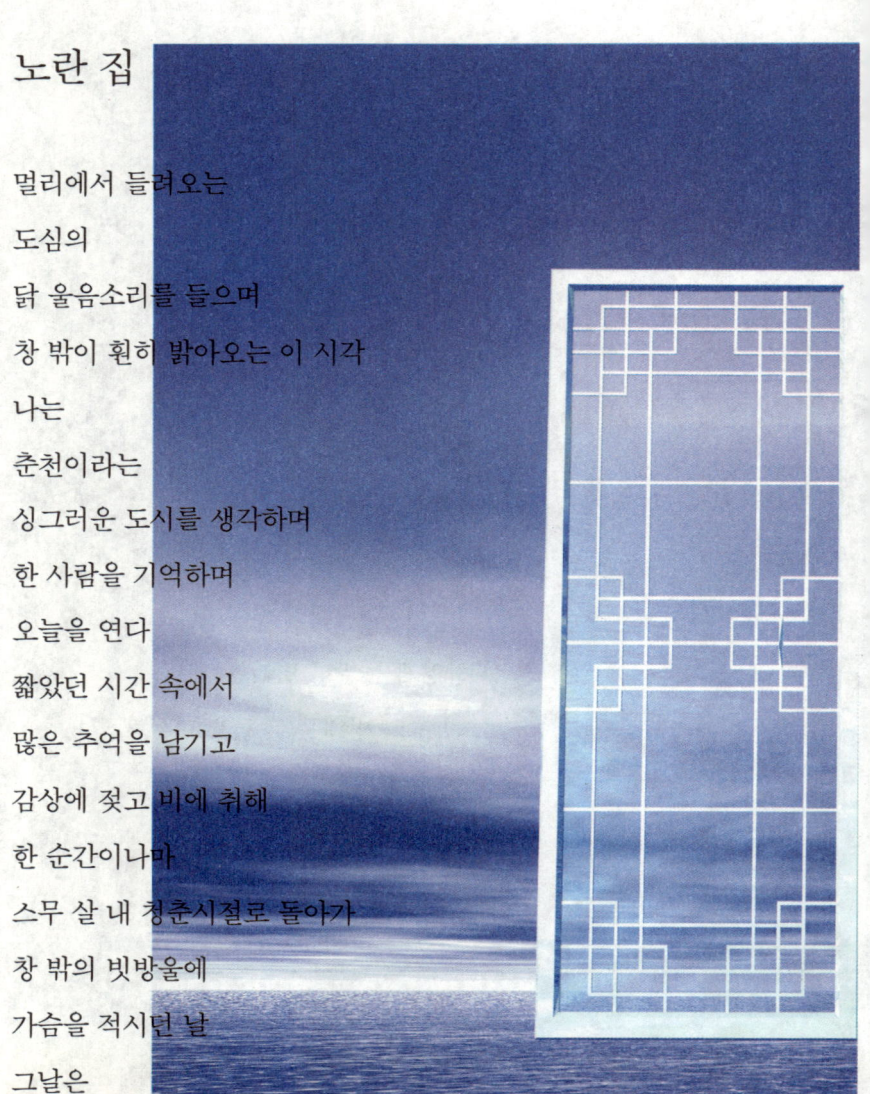

노란 집

멀리에서 들려오는

도심의

닭 울음소리를 들으며

창 밖이 훤히 밝아오는 이 시각

나는

춘천이라는

싱그러운 도시를 생각하며

한 사람을 기억하며

오늘을 연다

짧았던 시간 속에서

많은 추억을 남기고

감상에 젖고 비에 취해

한 순간이나마

스무 살 내 청춘시절로 돌아가

창 밖의 빗방울에

가슴을 적시던 날

그날은

나도 술잔도 떨고 있었지…

창 밖의 빗방울에 가슴을 적시던 날
그날은 나도 술잔도 떨고 있었지…

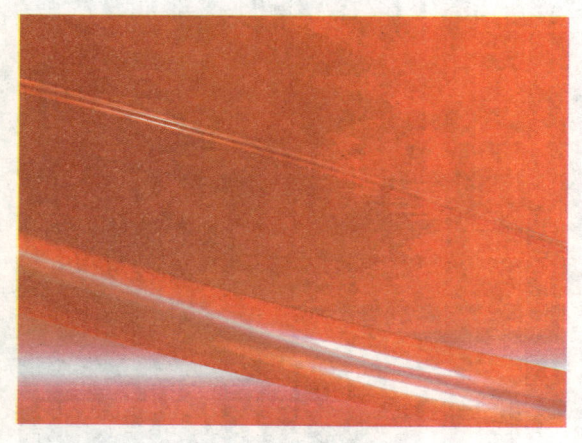

이 현실에 서서 나는 후회하지 않으련다

내가 만든 과거와 지금의 이 슬픈 이별을…

슬픈 이별

상처가 깊었어요

사랑 때문에

눈물도 넘쳤어요

미움 때문에

세월을 잊은 채 시간을 잊은 채

우리는 지금 울고만 있다

현실을 망각한 채로

사람은 누구나 떨리는 심장으로 사랑을 하고

누군가를 만나면 언젠가는 꼭 헤어져야만 한다

가슴 벅찬 많은 날들을

과거라는 어제로 남기고

추억이라는 눈물로 지우며

이제는 그만 돌아서야만 한다

사랑은 슬프고

사랑은 안타깝지만

세상에 태어나서

내 다시는 오지 않을

이 현실에 서서

나는 후회하지 않으련다

내가 만든 과거와

지금의 이 슬픈 이별을…

가을 남자

낙엽이 지면 슬퍼집니다.
마음은 아프고 가슴은 저미고
기억마저 희미해져와
갈곳이 그 어딘지 알 수가 없습니다.
바람이 불고 물든 잎새가 떨어지고
저 황량한 들판엔
그 푸르던 무성함은 어디에도 없는
슬픈 계절
가을이 오고 있습니다.
금방이라도 떨어질 듯한 잎새
그 마지막 잎새가 안타깝고
어둠마저 젖어드는 낯선 여행길에서
머물 곳을 못 찾고 서성거리는 나그네
그도 슬퍼합니다.

저녁 어둠만큼이나 어둔 얼굴

금방이라도 눈물이 흐를 것만 같은

슬픈 두 눈이 애처롭고

짝을 잃은 새처럼

길을 잃은 소녀처럼

어둠 속 허공을 향해 비틀거리며 걷는 그가

몹시도 안타까워 보입니다.

빨갛고 노랗고

그 아름다움 속에는

시간과 함께 통곡하며 애닯게 사라져 가는

내일이 없는 생명체처럼

하늘이 무너지는 아픔이 숨어 있습니다.

바람이 불고 낙엽이 떨어지고

마음마저 앙상한

지금은 슬픈 계절

가을이 오고 있습니다.

天國

삶을 마감하는
한 평생에
세상의 그 많은 것들 중
하나도 가짐 없이
빈손으로 가는 그 길은
분명
돈도 명예도 필요하지 않은
천국이겠지요.

한 순간도 지체할 수 없는 세상의 모두는
움직이며 살아 숨쉬는 세상의 모두는
그렇게 지나가는 것인가 보다

질주

바람이 불면 바람이 부는 대로
마음이 흔들리면 기우는 그 곳으로
인생은 그렇게 흘러가나 보다
한 순간도 지체할 수 없는 세상의 모두는
움직이며 살아 숨쉬는 세상의 모두는
그렇게 지나가는 것인가 보다
아쉬움과 미련
그 무엇이 에리도록 그립고
슬픈 기억도 아픈 추억도
눈물이 마르고 목이 메이도록
애절하게 잡고 싶지만
그럴 수가 없음에 그리워하며
오늘도 안타까운 한 조각의 추억을 남긴 채
보이지 않는 미래를 향해
세상은 그렇게 질주하고 있는 것인가 보다.

여름 코스모스

누구를 위하여
여름에 피어났나
한낮 뜨거워
잠자리도 숨었거늘
길가는 나그네
시선을 멈추게 하는
하얗고 빨갛고
분홍빛의 일곱 잎새
가을은 오지 않고
멀리에 있고
여름날은 가지 않고
더디기만 한데
슬픔으로 피어난
길가의 꽃.

메아리

높은 산 능선 위에 할아버지는
양지바른 흙 속에 우리 아빠는
날마다 무슨 꿈을 꾸고 있을까
봄이면 꽃이 피고 새가 울고
겨울이면 하얀 눈이 높이 쌓여도
말 못한 채로…
나를 두고 가실 적에
임을 두고 가실 때에
나보다도 더 임보다도 더
절망하며
슬퍼하며
그렇게 가시었으리.
돌아보고 또 뒤돌아보며
불러도 불러도 들리지않는
애달픈 메아리를 남기며
잡으려 또 잡으려
그렇게
그렇게도 허공만을 헤메였으리…

31

기다림

산 속의 절터에서
진종일 바라보는
언덕아래 저 편에는
바람에 흔들리는
유월의 푸른 잎들
모두다 어데 두고
나만 혼자 여기에서
바라보다
쳐다보다
지쳐서 눈을 감네.

바라보다 쳐다보다 지쳐서 눈을 감네

흘려도 흘려도 마르지 않는 당신의 눈물은

영원한 샘이 되어 메마른 내 영혼을 적셔 준다

눈물

흐르는 눈물은

소낙비처럼 쏟아져 내리는

당신의 검은 두 눈에 눈물은

내가 떠내려 가리만치 많이도 흘렸었고

내 마음에도 나의 가슴에도 가둘 수 없는

한줄기 작은 강물이 되어 흐르고 있다

흘려도 흘려도 마르지 않는 당신의 눈물은

영원한 샘이 되어 메마른 내 영혼을 적셔 준다

언제인가 알 수는 없지만 보고파도 볼 수가 없고

그리워도 생각할 수가 없을 그날

당신의 그 뜨거운 눈물도 내 이 슬픈 영혼도

한줌의 흙이 되어 세상 어느 한곳에 묻혀 지는 날

우리는 어떤 세상에서 어떤 모습으로

또다시 태어나고 있겠지.

어머니

비 내리는 여름날
먼 산에서
나물 캐던 어머니
눈 내리던 겨울날
개울가 언덕에서
찔레 열매를 따던 어머니
오늘은
새벽에 맷돌 돌리고
연기 피우며
두부를 한다.

바람과 나

나는 잠에서 깨어나
생물이 숨쉬기 시작하는
아직은 춥고 이른
봄의 문턱
바람 부는 언덕에 서서
한낮의 따스한 햇살을 받는다.
아련하게 떠오르는
기억 속의 저편에는
꿈속의 옛날 같은
희미한 영상이 밀려와
나를 흔들지만
지금 이 언덕엔
오직 바람과 나뿐
아무도 없다.

이제 다시 가을을 준비하려 그때 그 자리에 돌아 왔습니다.

나의 여름

경상도
주왕산을 시작으로
설악산에 들려
춘천
오봉산을 마지막으로
나의 여름은 끝이 난 듯
온몸은 검붉게 물들고
낯선 곳의
스쳐간
모두를 기억할 수 없는
많은 아쉬움을
추억으로 남기며
이제 다시
가을을 준비하려
그때 그 자리에
돌아 왔습니다.

상처

아픈 가슴 부여잡고 나는 돌아섰다
눈물마저 넘쳐와 나는 더 이상 울 수도 없었다
어두운 밤 가슴 세차게 내리치는 빗줄기에 나는 시려도
새벽 찬이슬에 안개 젖은 그 길을 뒤돌아 보아도
더 이상 소리내어 울 수가 없었다
떨리는 가슴으로 머물 수 없는 너를 잡고 애원하고 싶지만
나보다도 더 가련한 너를 보면서 나는 가야만 했다
이 밤이 가고 내일의 태양이 다시 붉게 떠오를 때
우린 어디선가 흔들리고 비틀거리는 모습으로 다시 일어나
어지러운 과거를 잊으려 몸부림치겠지
한 여름밤 무섭게 앓고 난 몸살 환자처럼
몽롱한 기억에 속이 텅 빈 모습으로
지난 날을 잊으려 방황하고 있겠지
잊혀지지도 않을 아픈 상처를 안고서…

이 밤이 가고 내일의 태양이 다시 붉게 떠오를 때

소나무

눈부신
아침 햇살에
꽃망울 터뜨리는
개울가의 들꽃처럼
아침이슬에 젖으며
파랗게 날개를 펴고
자라나는
저
소나무처럼
그렇게
그렇게도
살아가고 싶었지.

소양강

소양강에서
고인 물을 바라보니
그렇게 넓고 푸르고
바다 같이 보이더니
배를 타고
청평사 나루터에 내려
태양을 가리운
우거진 숲을 지나
땀을 흘리며
힘겹게 힘겹게
봉우리가 다섯이라
오봉산 이라는
산 정상에서
소양강을 내려다보니
작은 골짜기에
물 고인 듯
그렇게 작아 보일 수가…

가슴에 부는 바람

외로움에 떨고
목마름에 헤메이는
텅 빈 가슴속으로
횡하니 바람이 분다
쓸쓸함도 고독도
온몸이 시리도록 밀려와
이제는 가슴까지 젖어 들어
마음마저도 저며온다
끝없는 외로움과
사무치는 지난 세월
후회 할 수밖에 없는 뒤안길에서
나 아닌 또 다른 나를 찾으려
애를 써도
어딘가 한구석 마음 아픈 곳
지금도 그곳엔
바람이 분다.

내 오늘을 회상할 때에는 슬픔도 눈물도 메말랐을 테지

먼 훗날

오늘도
이대로 잊고싶지 않은 것들을
기억하기에는
너무나도 어려운 것들을
나는 한 장의 노트에 남긴다
사랑도 추억도 미련마저도
먼 훗날
더 많은 세월이 지나간 뒤에
내 오늘을 회상할 때에는
슬픔도 눈물도 메말랐을 테지
그때
그때는 이별
헤어져야만 한다
내 앞에 있는 모든 것들과
그리고
눈부신 이 세상과도.

방랑자

노트 한 권
연필 한 자루
통기타 들고
낯선 곳으로 떠나가라
때를 기다리지 말고
뒤를 돌아보지 말고
그렇게.

마른 잎 하나

가을이 깊다 하늘이 깊다
나그네의 시름도 깊다
가로수 은행잎 노랑색 물 짙고
나그네의 가슴에 쌓이는 낙엽은
한 겹 또 한 겹 설움만을 더한다
어디선가 바람에 굴러와 부딪히는
마른 잎 하나 어루안고
입 맞추며
먼 날 또다시 시월에 물든 오늘을
잊지도 않으려… 않으려…

사랑은 마술사

사랑은
사람의 깊고
더 깊은 곳을
무너뜨리며
허망과 절망
그리고,
희망과
기쁨을 넘나들며
끝없는 미로
그 미로 속을
헤메이게 하는
마술
그 현란한
마술이어라.

겨울찻집

하얀 눈이 내리는
겨울밤
바다가 보이는 찻집에는
낯선 남자가
담배연기 자욱한
불빛 아래서
누군가와 마주 앉아
파도를 마시고
겨울을 마시네
밤을 세워.

가슴앓이

자식을 앞에 보낸
어머니의 가슴에는
죽는 그날까지 가슴앓이로
통곡할 거예요
소리 없이 울었고
눈물 없이 울어야만 했던
지난 세월은
엄청난 고통의 날들이었으니
흙 속으로 묻혀지는 그날까지
아픔은 끝이 없을 거예요
지금도 보고 싶고
지금도 가엾고
그래서 나는 매일 저녁이면
전화를 해요
엄마!
나야~

시련

너를 잊는다는 건
고목 나무에 꽃을 피우는 것만큼 어렵고
너를 보낸다는 것은 눈보라가 치는 겨울날
얼음 위를 맨발로 걷는 것만큼이나 고통스럽지만
이제는 어떤 시련이 나를 슬프게 할지라도
나는 너를 보내야 한다.
세월이 가고 사랑도 가고
내 뜨거운 태양마저 식어가는 이 서글픈 계절에
나는 또 하나의 상처를 가슴에 안고 마음에 묻고
저 물든 잎새를 바라다 본다.

보고싶은 얼굴

보고싶은 얼굴
기억하고 싶은 이름
많은 추억을 남기고
잊혀져간 사람들
그 모두는 지금 어디에서
어떻게 살아가고 있는지…
만나보고 싶다
아주 잊혀져간 이름도
아련히 떠오르는 얼굴도.

그 모두는 지금 어디에서 어떻게 살아가고 있는지…

떠날 시간

이제 다시는
사랑하지 않으련다
울지도 않으련다
철없는
어린 아이처럼
그렇게
그렇게 살아가련다
이제는 떠날 시간
헤어질 시간이 가까워 온다
준비
준비를 해야지
떠날 준비를…

내일

바람이 추워도
어둠이 짙어도
우리의 가슴에는
하얗고 파란 꿈이
싹트고 있음을
잊지도 말자
아픔은 잠시
슬픔은
더욱 잠시임을 깨닫고
우리는 내일을 위해
어제를 과거로 잊으며
언제였나처럼
힘차게
그렇게도 살아가자.

버들 강아지

하얗게 눈 쌓인
작은 도랑 늪에
강아지 하얗게
피어났네
춥지도 않은지
떨고 있지도 않네
양지 바른 늪은
눈을 녹이네
강아지 물 먹이려
눈물을 흘리네
하얗게 눈 쌓인
작은 도랑 늪에
강아지 한아름
피어났네.

작은 도랑 늪에 강아지 한아름 피어났네.

후회

한때
마음 아프게 한 일도
다하지 못한 책임도
님의 번민에
무게를 더한 듯 하여
이 마음 또한
편하지 않으니.

건배

인생은 파도를 타고
지평선 너머 저쪽으로
사라져가고
우리의 젊은 날의 청춘은
세월 속에 묻혀
어느덧
해저문 언덕의 저녁 노을처럼
허물어져만 간다
이제는 다시 못 올
우리의 젊음을 위하여
건배.

문은 닫히고

나는 오늘밤 길을 떠난다
지쳐버린 영혼을 동반한 채
무섭고 먼 길을 떠나고 만다
짙은 어둠에 몸을 싣고
보이지도 않는 낯선 길을 떠나고야 만다
거친 길목에서
어둠에 묻힌 집 한 채를 찾았다
나무로 짜여진 문을 열고 들어서니
바닥에 길게 누운 시체 하나
멈칫 기절할 듯 뒤돌아 서려니
문은 닫히고
나는 어느새 송장 위에 쓰러져 있었다
으악! 소리치니
아! 꿈이었다.

그 사람

호숫가의 그 사람은
비가 오면 울 것 같은
슬픈 눈을 가졌었고
언덕길의 그 사람은
언제나 우울한
슬픈 미소 지었었지
쓸쓸한 추억만을 남기고
떠나가 버린
그 사람은 지금 어디에.

고향의 5월

고향은 지금
밤새 내린 봄비에
골짜기 물소리 맑고
비에 젖은 나무는
더 없는 초록에
자라나겠지

흙 냄새 풀 냄새
새소리 물소리가 정겨운
고향의 오월은
이름 모를 들꽃들이
세상을 향해 피어나겠지

여자의 눈물

사랑을 잃어버리고
헤어지는 마음엔
아픔만이 남아서
가슴을 울리네
정만을 남겨놓고
떠나가는 사람 뒤엔
이별의 상처만이
뒤돌아보네
바보처럼 잃어버린
웃음을 찾으려고
돌아서며 감추는
여자의 눈물.

앙상한 가지에 바람이 불고
눈꽃이 피어나는 이 겨울
지금은 슬픈 계절
슬픈 계절이어라.

슬픈 계절

우리가 걸어가는
이 허망한 길목은
돌아보고 싶지 않은
서글픈 길이어라
한 사람이 세상에 태어나
강물같이 흘러서
어느 곳에 머무는지
나는 아직 모르지만
계절이 바뀔 때마다
설움이 더하고
가슴이 무너지는 것은
인간본능 그것이런가
앙상한 가지에 바람이 불고
눈꽃이 피어나는 이 겨울
지금은 슬픈 계절
슬픈 계절이어라.

비와 기타

주룩주룩
밤비가 내리는 날에
밤새 창가에 홀로 앉아 기타를 친다
한 방울 두 방울
창가에 스며드는 빗방울을 바라보며…
주룩주룩
그 밤도 비가 내렸지
지워지지 않을 얼룩을 남기면서.

한 방울 두 방울 창가에 스며드는 빗방울을 바라보며…

오갈피

꼬불꼬불 길을 돌아
언덕을 지나
양지쪽 산밑으로
집 하나있다
앞개울 다리건너
비탈진 밭에
가시 돋친 나무에
다섯 잎사귀
오갈피나무를
심으려 한다
붉은 열매 쓴 향기
가시가 돋은
삼밭골에 오갈피를
심으려한다.

간이역

길 잃은 나그네는
오늘도
아쉬움과
그리움으로 가득한
겨울로 가는 기차를 타고
어느 낯선 간이역으로
쉬지 않고 달리고 있다
추억이 머물고 있는
겨울의 바닷가를 지나
흰눈이 쌓인 골짜기
가로등 외로운
춥고 쓸쓸한 작은 마을
옛날식 카페
그 낡은 자리에 앉아
다시는 오지 않을
오늘을 기억하려.

겨우살이

여름은
길지 않다
가을도
길지 않다
추운
겨울을 위하여
마음의
모닥불을
준비해야지.

가을

우리 앞에
가을이 다가왔네
거리의 가로수
노랗고 빨갛게 물들여
먼 봄날을 향해
따스한 햇살을 기다리며
깊은 겨울잠에 빠져들
조금은 쓸쓸하고
슬프기도 한
그런 계절이
가지에 낙엽이 지고
귀뚜라미가 울고
계절을 느낄 줄 아는
세상 사람들에게는
더없이 슬픈
그런 계절이…

그 속에는 내가 알 수 없는 서글픈 사연의
노랑 서러움이 스며있다.

해바라기

눈이 부시도록
밝은
해바라기 속에는
말 못할 슬픈
무엇이 있는 듯
노랑색이다
햇빛을 바라보며
웃고있는 해바라기
그 속에는
내가 알 수 없는
서글픈 사연의
노랑 서러움이
스며있다.

해뜬날

약수사 골짜기엔
이름 모를 새들만이 울어대고
흐렸다 맑았다 또 비 뿌리더니
오늘은 아침부터 쨍하고 해뜨네
저녁이 점점 다가오는
약수사의 오후는
다른 세상에 온 것 같이
조용하기만 하구나.

방황

사람이기 때문에
방황했었지

타락의 끝이 어디인가
체험해 보고도 싶었지

한때였지만
힘겹고 맥이 없었지

하늘은 노란색이고
한낮의 거리는
눈이 부셔
눈을 뜰 수도 없었지.

한 해가

한 해가 가네요

많은 시련과 수많은 번민 모두를 안고

언제 다시 온다는 기약도 없이

안녕이라는 인사조차도 하지를 못한 채

먼 옛날로

또 한편의 조각난 추억을 남기며

한 해가 또 가고 있네요…

언제나 그렇듯이

돌아보면 아쉽고

지나고 나면 모두가 그리운 현실의 이 삶들이

날이 가면 갈수록

세월이 가면 더할수록

안타까운 그 무엇인가를 애절하게도 남기며

한 해가 또 가고 있네요…

초롱초롱 빛나는 밤하늘의 저 별들도

도심속을 밝혀주는 그 화려한 불빛도

지금은 외롭고

지금은 고독하고

지금은 쓸쓸하기 그지없는 이 겨울의 길목에서

안타깝게… 안타깝게도 나를 울리며

서럽도록 또 한 해가 가고 있네요.

한 해가 또 가고 있네요…

추억만이 가득한 쓸쓸한 겨 울 역 으로…

겨울역

누구를 찾고 있나
웃음 잃은 모습으로
싸늘하게 식어간
이 거리에는
찬바람만 스치는데
외로운 나그네
겨울 나그네는
슬픔을 가득 싣고
길 떠나가네
추억만이 가득한
쓸쓸한
겨울역으로.

해와 달

해는
어둠이 싫어
낮을 밝히고
달은
별을 보려
밤에 떠오른다
별이 쏟아지는
밤에.

아직

툭! 툭!
물든 잎새가 떨어진다
우리네 마음에도
툭! 툭!
빛 바랜 얼룩을 남긴
절망스런 소리를 내며
가을은 아직 가지도 않고
겨울은 아직 오지도 않고
멀리
저 멀리에 있는데.

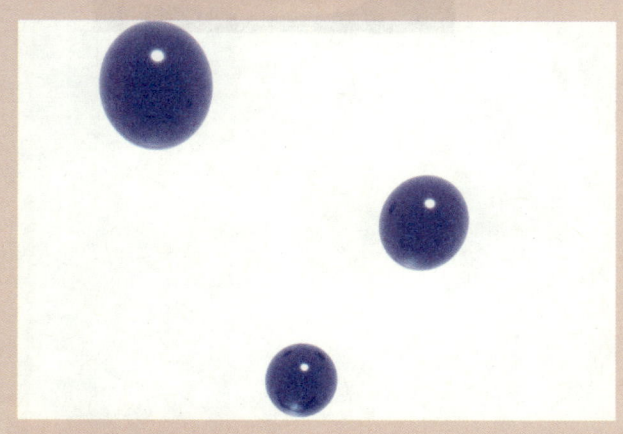

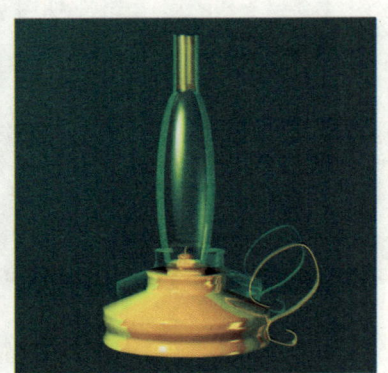

똑 똑 똑···

목탁소리

똑 똑 똑…
해 저문 산골짝에
울려 퍼지는 소리는
법당에서 들려오는
스님의 목탁소리
짙은 향내속에
노란 촛불 아래서
똑 똑 똑…
스님이 목탁을 친다.

사랑은 슬픔이라더니

사랑은
슬픔이라며
나를
위로하던
너
이별은
눈물이었으니
혼자서
울고만 있게.

사 　 랑 　 해 　 요

이 연

떨어지지 않으려 아무리 애를 써도
헤어질 수밖에 없는 운명이
이연 이란다
내 곁을 맴도는 이별의 흔적
남아있는 추억들이 나를 울리네
유익종 이란 가수의
이연 이란 노래를 들어보니
노래 제목 만큼이나 가사도 슬프다
이 세상에는
이연 이란 운명을 안고 살아가는 사람
분명 있을 것인데

異緣 …

그들은 어떻게

그 가슴 찢어지는 고통과

하늘이 무너지는 슬픔을 참았을까

그리고

지금은 어떤 모습으로

어떻게 살아가고 있을까

만나보고 싶다

나를 앞서 이연을 체험하고

또 다른 세상에서

당당하게

현실을 살아가고 있을 그들을…

어느 날

어느 날

어느 날인가
아침에
잠에서 깨어보니
큰애는 나보다
한 뼘이 더 커있었고
작은아이는
이제
고추도
못 만지게 하더라
어느새 벌써
애들이
저리도 자랐을까
기쁘기도 하지만
나를 돌아보니
슬프기도 하더라.

그리움

잠시나마
동심의 세계로 돌아가
추억에 그리워하며
동화 속 같았던 옛날을 생각하니
돌아가고 싶은 마음 뿐이었어요
진달래 먹고 다람쥐 쫓으며
낙엽이 굴러가는 것만 보아도
울어야 했던 그 날들이
서랍 속 어느 한편에
차곡이 쌓여 있었지요
아직은 춥던 이른 봄날
갑자기 엄습해 오는 외로움에
꼼짝없이 앓아 누웠던
몸살과도 같은 아련한 그리움
그것은 정말 아픔이었어요.

가슴을 적시는 세찬 겨울비가후두둑 후두둑

겨울비

비가 오네요
이 겨울밤 어두운 저 하늘에서
내리치는 빗방울 받아 줄 잎새는 없어도
우리네 마음에
메마른 세상에
가슴을 적시는 세찬 겨울비가
후두둑 후두둑
계절을 잃고 낯선 세상에 비를 뿌리네
어젯밤도 빗소리에 가슴 시리며
겨울밤을 잊었을 세상의 우리는
비가 오면 후두둑 후두둑 소리를 듣는
우리는
행복한 사람.

내가 아는 그가 행복하고 힘차게
세상을 살아가길 바라며

자유

나는
사랑보다도 더
슬픈 노래를 부르며
오늘밤도
밤바다가 보이는
그 작은 카페에 앉아
촛불을 켜고
누구도 의식하지 않는
자유로이 기고하고 싶다
그리고
내가 아는 그가
행복하고 힘차게
세상을 살아가길 바라며
누구도 그에게
작은 상처 하나
안겨주지 않길 바라고싶다.

영혼에게

쉬지 않고 은하를 달리던 우리의 기차도
이제는 종착역이 멀지 않았음을 느끼며
지금부터 앓아야 할 무서운 가슴앓이에 대한 두려움에
모진 마음의 채비를 해야만 합니다
앞으로 보이지 않는 미래가
어떻게 우리 앞에 다가올지는 나도 아직 모르지만
나의 환상에서 멈추어 버린 한 사람을 가슴에 묻고
영원히 함께 하려 합니다
가슴도 마음도 영혼마저도 떠나버린 육신뿐이지만
텅 빈 껍질만일 지라도 어느 한 구석에 남겨두려
무던히도 노력하려 합니다
우리는 인간이지만 입만은 동물이 되어
그렇게 참고 살아가야 합니다
어떤 환경 속에서도 절대 포기하지 않으며
생명은 불꽃처럼
그렇게도 살아가야만 합니다
어느 한쪽이 무너지면 함께 침몰하는 슬픈 운명이니
그 남은 한쪽을 위해서라도
우리는 끝까지 존재하며 남아야만 합니다.

앞으로 보이지 않는 미래가
어떻게 우리 앞에 다가올지는 나도 아직 모르지만
나의 환상에서 멈추어 버린 한 사람을 가슴에 묻고
영원히 함께 하려 합니다

흐린 겨울날

흐린 겨울날
나는 멀리에 있지 않지만
멀리에 있는 한 학우에게 편지를 씁니다
언제부터인가 나의 마음 한구석에 남아
가슴을 짓누르는 무거움에 힘겨워도 해보며
늦었지만
현실에 보이는 진리의 깨우침에 기뻐도 하면서
이제는 편안한 마음으로 만날 수가 있기에…
많은 후회와 번민
숱한 반성의 시간 속에서
누구를 미워하기 전에 내 자신을 미워하라는
너무나도 쉬웠던 몇 글자를 얼룩진 상처 속에서
어렵게도 깨우치고
한 겨울날 몇 날 몇 일의 몸살 속에서야 진정,
가슴 아픔이 무엇인가를 알았습니다.
나로 인해 슬펐던 날들은 잊혀지지가 않으련만
그래도 우리는 가야 할 그 먼길을 위하여 바삐,
더욱 분주히 서둘러야만 하겠지요
그 님에게 미안한 마음을 전하며
빠른 날에 만날 수 있기를 희망하며…

지나가는 세월도…

꽃비가 내리던 봄날
도심의 화려한 불빛을 가슴에 쓸어안고 기뻐하던 날도,
바람이 불어와 낙엽이 나부끼어 가슴 저리던 늦은 가을날도
이제는 가고 얼굴 시리는 매서운 바람에 하얀 눈마저 몰아치는
얼어붙은 이 세상을 한 발 또 한 발 뒤로하며
한해가 가는 소리는 정녕 애닮기도 하다.
하늘도 꽁꽁
지붕도 꽁꽁
우리네 마음마저도 꽁꽁 얼어붙은 한겨울의 찬바람을 가르며,
또 하나의 돌아오지 못할 다리를 건너며, 지금은 보이지가 않고
지금은 들리지도 않는 과거라는 아련한 추억을 뒤로하고
우리는 더 아득한 미래를 향해 쉬지 않고 달려가고 있다.
흐르는 시간도 지나가는 세월도 덧없이 빠르기만 한 현실 속에서
나는 오늘밤 세월을 붙잡고 술잔을 붙잡고
흐르는 내 청춘의 설움을 마시며 한 해의 마지막 밤
다시는 오지 않을 잡을 수 없는 시간 속에서
또 한 해가 가는 소리에 서러워도 한다.

식은 커피처럼 밤은 쓸쓸하다
사람들의 평화를 쉴새없이 거리에 묻혀내고
어둠 짙어도 밤하늘에 별 총총 보이지가 않고
불빛도 화려하게 보이지가 않는
내 살의 체온에 와서 비벼대는 바람이
새벽이 오도록 식은 커피처럼 쓸쓸하다.
커피 한 잔에 이런 감상이 나를 슬프게 하네요.

춘천에서

TO. 읽어주렴

어느덧 여름이 지나가고
가을의 문턱에 들어선 까닭인지
창가를 스치는 바람이
제법 차가운 느낌이 들더구나.
너의 보내준 사연 잘 읽어보고
Pen을 들어보는군.
머지 않아 추석
추석에 집에 간다고.
마음이 무척 설레겠지.
객지에 나와 오랜만에
고향을 찾는 기쁨
실로 말할 수 없을 거야.
누나는 고향이 서울이라
그러한 기쁨은 맛보지 못하고
상상해 보고
곁에 있는 사람들 보며 느껴본다.
아무쪼록 고향에 잘 갔다오고
갔다와서 연락하렴. 이만 안녕…

1976년 8월 25일 최선희.

가을의 문턱에 들어선 까닭인지

보고픈 마음에

아득한 밤하늘엔 푸른 별들이 수놓아 가는
고요한 이 밤에 하루의 일과를 마치고
향수에 젖어보는 조용한 시간.
가만히 누워 광명리에 있었던 일들을 연상하다
문득 종관이가 보고픈 마음에 편지를 쓴다.
종관아!
네가 보내준 글
반갑고 즐거운 마음으로 받아 보았다
나를 잊지 않고 편지를 해주니 말야.
네가 떠나는 날
청년 대학을 마치고 11시 30분에 돌아와 보니
네가 간 것을 알고 난 정말 서운하고
머리가 아연했단다.
종관이가 더 좋은 곳에서
발전 있는 일을 하면 좋을 텐데
하는 마음을 갖고 있었던 나였기에
네 편지를 받고 난 정말 반가웠단다.

같이 있던 정숙이는 시골로 10월 13일날 내려갔다
나 역시 10월15일날 먼저 있던 에스터에 왔단다
이제 다 멀리 헤어지고 보니 다시 그리워진단다.
하긴 이런 감성이 없다면
인간과 짐승이 다를 게 없지 않겠니
앞으로 네가 하고져 하는 일
무궁한 발전이 있기를 밤마다 누나는 기도하마.
종관아 !
각박한 세상을 살아가려면 때론 어려운 일도 많겠지만
그때마다 힘을 잃지 말고 굳센 용기로
올바른 삶을 살아가길 주님의 이름으로 기원하마.
그 곳의 숙식은 어떠한지
하는 일 역시 힘겨우면 견딜 수 있을까 염려스럽구나
시간 있으면
변모해 가는 너의 생활 수기를 적어주면 고맙겠다
다음에 전할게… 안녕…

1976년 10월 25일 김혜란.

오빠에게

기적 소리마저 잠자는 한적한 시간이에요
안녕하시죠?
수원에 오면
절대로 편지 안 할 결심이었는데
왜 Pen을 들었는지 나 자신을 원망하면서도
이렇게 사연을 띄운답니다.
…
황혼이 짙어 가는 길 모음에서
하루 종일
시들은 귀를 가만히 기울이면
땅거미 옮겨지는 발자취 소리
그 소리를 들을 수 있도록
난 총명했던가.
이제 어리석게도 모든 것을 깨달은 마음
오래 마음 깊은 곳에
괴로워하는 수많은 나를
하나
둘

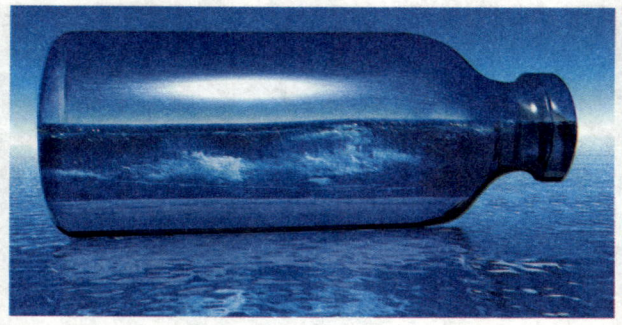

제 고장으로 돌려보내면

저리 모퉁이 어둠 속으로 소리 없이 사라지는

흰 그림자

흰 그림자들

연연히 사랑하던 흰 그림자들

내 모든 것을 돌려 보내줘

허전히 뒷골목을 돌아

황혼처럼 물드는 내 방으로 돌아오면

신념이 깊은 의젓한 양처럼

하루종일 시름없이 풀 포기나 뜯자.

…

창가로 비춰지는 별빛은 더없이

맑고 청아하게 보여요

지금 저 별을 보고 계시죠?

언제가 될지는 몰라도

나중에 다시 편지 쓸게요

내 맘이 안정되는 대로 바로.

안 녕 히…

1981년 5월 19일 수원에서 Song.

군사우편

어제 내린 눈발이
온 세상을 하얗게 덮어 버렸습니다
오늘 형의 편지를 받고 무척 기뻤습니다
드디어 성탄과 함께 형님이 아기 아빠가 되었군요
축하 드립니다.
…

살을 에는 듯한 차가운 바람이
많은 것들을 생각하게 하는 밤입니다
달은 더욱 밝고
별들은 더욱 차갑게 반짝거리는 밤
보이는 것은
대지를 덮은 흰 눈 밖에는 보이지가 않습니다
동부전선 최 북방에 위치한 이 곳
새벽 조용한 시간에 초막에서 근무를 서고 있노라면
대남 방송이 간간이 들리는 그런 곳입니다.
…

제 걱정은 조금도 하지 마세요
물론 살을 파고드는 강추위와 싸워야 하지만
비록 손발은 시려도 마음만은 따스합니다
나에게는 엄마와 형제들이 있기에 말입니다.
…

1986년 12월 17일. 동부전선에서

구겨진 휴지처럼…

구겨진 휴지처럼 받은 시절을 접어두고
이제 다시 한 장의 하얀 백지 위에
나의 정다운 생의 한 부분을
정답게 새겨보리.
수많은 날들 중에 오늘은 무엇을 했길래
이렇게 감히 백지의 한 부분에 낙서를 하는가
평범한 일상의 연속
한스럽고 안스러운 하루 하루.

1983년 1월 19일.
도원동에서 덕이가.

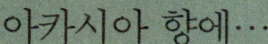

아카시아 향에…

안녕하세요?

5월의 초록이 싱그러움과 함께

아카시아 향에 희망을 싣고

우리 곁으로 왔네요.

배움의 기쁨을 맛보기 위해

열심히 노력하시는 종관씨에게 박수를 보내며

그동안 열심히 생활하시는 모습을

좋은 추억으로 남기고 싶군요.

늘 건강하고 행복한 나날이 되기를 바라면서

내일 학교에서 만나요.

2001. 5. 21. 최수재.

최선을 다하는
삶은 아름답습니다.

공부하다가 잠깐 시간이 나서 메일을 보냅니다.

시간이 어떻게 가는지도 모를 만큼

바빴던 하루로 인해 사실, 몸도 마음도 피곤하지만

공부는 잘 되시나요?

생각보다 공부하기 힘드시죠?

그래도, 힘 내셔서 열심히 하시길 바래요.

저도 생각보다 힘들지만

어떻게 다가올지 모를 미래를 위해

열심히 공부해야 겠다는 생각을 해봅니다.

더욱 즐거운 것은

많은 사람들을 만날 수 있고

또 그 중엔 좋으신 분들도 많은 것 같아서

그런 만남이 절, 기쁘게도 하구요.

몸도 마음도 지치기 쉬운 계절이에요.

항상 건강 조심 하시구요

기분 좋은 마음으로 수업 시간에 만날 수 있기를 바라며…

2001. 6. 20. 학우 J.

수원에서

한동안 청춘의 시절에 못 가본
전국 여러 지역을 다녀보았습니다.
가슴에 품어왔던 설악의 위용을 직접 눈과 마음에 담아보고
오색약수의 쇳내 나는 맛에 감탄도 해보고
보성차 밭의 푸르름에 탄성도 질러보고
낙안 읍성의 옛스러움에 편안함도 느껴보고
마음속의 절 중 하나였던 순천 송광사의 정경도 확인하고
그리고
20년 전부터 품어왔던
불일암 가는 길도 걸어보았습니다.
텅 빈 충만을 찾아가서 무소유 현장을 살펴보고
여태까지의 상상이 결코 모자란 것이 아니었음을 친견했습니다.
불일암 가는 길목 대숲의 청청함이란…
주인은 간 곳 없고

그 분이 쓰던 대나무 궤장만 남아있었지만

그 속에는 아름다운 가꿈이 존재하고 있었습니다.

'산이나 구경하고 가시지요.'

하는 법정스님의 뚝뚝한 목소리가 마음에 들려왔습니다.

젊은 날 못다 했던 아름다운 정경 찾아 떠나기

이제 늦바람 든 채로 하나씩 하나씩 확인하면서

시간을 보내봅니다.

언젠가는 지리산의 호기를 가슴에 담아 토해내는 날도 오겠지요

가슴속에 푸르름 안고 사시길 바래봅니다.

2001. 7. 25. 배다니엘.

#과b.

장조와 단조가 있음으로
음악이 더욱 조화를 이루겠지요
따듯한 사람임을 알고 있음은
우리 모두의 신뢰에
바탕하기 때문일 거예요.
오랜 시간
마음 아팠던 일들이 있었다면
가는 해와 함께 보내세요.
아낌 받음에 감사하며…
졸립지요?
다음에는 이런 미련함이 없어야 할텐데…
자야겠어요.

2001년 12월 20일
기말고사를 마치고 박혜자.

초대

살다가 문득 새벽에 일어나 조용히 세상을 관조하는 날이 생깁니다.

오늘이 그러한데, 연말이라 그랬나?

메일들을 정리하다가 보내 주셨던 메일을

문득 다시 살펴보게 되었습니다.

감성을 울리는 내용, 그것이 답신을 빨리 못하게 하는 요인입니다.

제가 많이 대하고 있는 젊은이들이

적극적으로 자신의 삶을 펼쳐 가는 것을 보면,

이는 오늘 이천 년대를 살고 있는 이십 대의 특권같이 여겨집니다.

아마 더 좋은 세상이 오면 더 젊은이들이 부럽겠지요.

방황과 치기 어린 이십 대를 만약 나에게 다시 살라고 하면?

이런 질문 앞에서 더 폭넓은 세상의 경험을

우선적으로 꼽을 것 같습니다.

일기장 빼곡히 적어 놓았던 감성 어린 경험의 숨가뿐 흔적-

이것은 때로 문학서적 속 금빛 햇살 어린 작가의 기술일 수도 있고,

홀로 가본 김천 직지사의 예쁜 황토길일 수도 있으며,

흔들리는 협쾌 열차에 몸을 싣고 흩날리는

그녀의 머리를 말없이 응시하던 가슴속 목마름의 환영일 수도 있겠지만…

스무 살 초반에 들었던 나이 서른에 '우린' 이라는 노래에서
'나이 서른에 우린 어느 곳에 어떤 얼굴로
무엇이 되어 있을까?' 라는 가사가 주는 막연한 아득함이
막상 현실로 다가 왔을 때 그 표정은 왜 그리도 무덤덤하던지!
우리는 세월도 먹고 열정도 먹고 사랑도 먹고 그렇게 살아가는 것 같습니다.
나른함과 매너리즘을 토해내면서, 지친 일상에서 비싼 청심환을 바라면서,
또 다시 소화제를 찾으면서 그렇게 그렇게…
언젠가는 서로 사랑하는 학생들과 힘들지만 사랑이 찰랑거리는 여행을
떠나고 싶다는 생각을 해 봅니다.
대화보다 여운 있는 침묵을 친구로 함께 맞이하여서
사람은 많되 진정 사랑할 사람이 없는 현실 속에서
낮에도 등불을 들고 다니며 누군가를 그리워하는
옛 철학자 처럼 나는 오늘도 마음 한 켠에
조용히 빛나는 등을 켜둡니다.
Beethoven Adelaide - 육체는 없어지나 정신적 사랑은 영원하리라.
한 해가 가는 이 겨울, 눈망울 깊은 고독을 초대하여
아련한 가슴을 안고 살아가지 않으려는지요?

2001년 12월 22일 토요일, 새벽 02시 37분 "배다니엘"

오늘은 하루종일 짙은 안개에…

처음

오늘은 하루종일 짙은 안개에 휩싸여 비가 내렸어요.
비가 내리면 가슴에 쌓여있는 그 무엇인가를 씻어놓고 갔는데
지금 내리는 비는 서글픔만이 섞여 온 대지를 촉촉이 적시는 것 같아요.

지금 막 서울에서
이 곳 기숙사에 도착했어요
학원에 원서 접수를 했거든요
처음 가는 길이라 많이 떨렸어요
예상대로 서울역에서 한참이나 헤맸어요
친구들 말대로 촌뜨기라 서인지…
혼자서 정말이지 너무 무서웠어요.

1987년 2월 13일 비내리는 오후 석봉리에서

시간 속으로.

오늘도 걷는다
묻혀버린 시간들을 헤치며
어디쯤에서
어느 것부터 찾아야
조금은 미소를 머금을 수 있을까
늘상 그렇게 가버리는
시간들을 찾아 얼마나 힘들었는가
이 만큼 걸어온 오늘 앞에서
이제 너는
한웅큼 포옹으로 끌어안으리
가버린 시간도…
다가올 시간도…

친구의 시집 출간을 축하하며
2002년 2월 13일.
장옥선.

엷은 미소를 보낸다.

추억

추억은
추억 그 자체로
아름다운거다 충분히…
안타까움
아름다움
그 무언가를 남겨놓은
영원한 추억
어느 날 문득
잊혀진 일기장을 찾아 낼 때
남겨진 몇 줄의 시가 생각날 때
아련한
꿈일 수밖에 없는 인연들의
텅 빈 오후
스치는 바람으로
엷은 미소를 보낸다.

장옥선.

글을 마치며

얼마나 지났을까
밤을 세우며 원고를 정리한 시간들이
이 손 때묻은 낡은 편지와 일기들이
작은 한 권의 책으로 내 앞에 다시 설
내 영혼의 에세이
이대로 묻어두기엔 마음 아픈 편지를
떨리는 마음으로 세상에 펴는 날
나는 부끄러워 얼굴을 들 수가 없었습니다
음악을 사랑하며 문학을 사랑하며
어느새 중년이 되어버린 숨가쁜 세월 앞에서
한없이 나약한 나를 위로도 해보며
산다는 것이
사람이 살아 숨쉬고 있다는 것이
축복이라 여기며
마지막 장의 이 글을 마치려 합니다
편지를 준 그 분들께 고마움을 전하며
미흡한 제 글을 읽어주셔서 감사합니다

초판 1쇄 인쇄 : 2002년 4월 22일
초판 1쇄 발행 : 2002년 4월 24일

지은이 : 윤종관
펴낸이 : 박대용
본문디자인 : 최선영
편집 : 임혜란

펴낸곳 : 징검다리
등록일 : 1998년 4월 3일(제10-1574)
주소 : 서울시 마포구 합정동 426-1
TEL : 33141-1966 · 332-3880 FAX : 3141-2757

E-mail : zinggumdari@hanmail.net
ISBN : 89-88246-39-X (03810)
저자사진 : 박성완 JUNO PHOTO STUDIO

값 6,000

내 젊어 살아 숨 쉴때 좀 더 열심히 세상을 살아가려
이 세상에 존재하고 있는 지금 하고 싶은 많은 것들을
하나 또 하나 실현해 가며 그렇게도 살아가련다

希望